憂傷對話

蔡知臻　著

總序

台灣詩學吹鼓吹詩人叢書出版緣起

蘇紹連（詩人）

「台灣詩學季刊雜誌社」創辦於一九九二年十二月六日，這是台灣詩壇上一個歷史性的日子，這個日子開啟了台灣詩學時代的來臨。《台灣詩學季刊》在前後任社長向明和李瑞騰的帶領下，經歷了兩位主編白靈、蕭蕭，至二〇〇二年改版為《台灣詩學學刊》，由鄭慧如主編，以學術論文為主，附刊詩作。二〇〇三年六月十一日設立「吹鼓吹詩論壇」網站，從此，一個大型的詩論壇終於在台灣誕生了。二〇〇五年九月增加《台灣詩學・吹鼓吹詩論壇》刊物，由蘇紹連主編。《台灣詩學》以雙刊物形態創詩壇之舉，同時出版學術面的評論詩學，及以詩創作為主的刊物。

「吹鼓吹詩論壇」網站定位為新世代新勢力的網路詩社群，並以「詩腸鼓吹，吹響詩號，鼓動詩潮」十二字為論壇主旨，典出自於唐朝・馮贄《雲仙雜記・二、俗耳針砭，詩腸鼓吹》：「戴顒春日攜雙柑斗酒，人問何之，曰：『往聽黃鸝聲，此俗耳針砭，詩腸鼓吹，汝知之乎？』」因黃鸝之聲悅耳動聽，可以發人清思，激發詩興，詩興的激發必須砭去俗思，代以雅興。論壇的名稱「吹鼓吹」三字響亮，而且論壇主旨旗幟鮮明，立即驚動了網路詩界。

「吹鼓吹詩論壇」網站在台灣網路執詩界牛耳是不爭的事實，詩的創作者或讀者們競相加入論壇為會員，除於論壇發表詩作、賞評回覆外，更有擔任版主者參與論壇版務的工作，一起推動論壇的輪子，繼續邁向更為寬廣的網路詩創作及交流場域。在這之中，有許多潛質優異的詩人逐漸浮現出來，他們的詩作散發耀眼的光芒，深受詩壇前輩們的矚目，諸如鯨向海、楊佳嫻、林德俊、陳思嫻、李長青、羅浩原、然靈、阿米、陳牧宏、羅毓嘉、林禹瑄……等人，都曾是「吹鼓吹詩論壇」的版主，他們現今已是能獨當一面的新世代頂尖詩人。

「吹鼓吹詩論壇」網站除了提供像是詩壇的「星光大道」或「超級偶像」發表平台，讓許多新人展現詩藝外，還把優秀詩作集結為「年度論壇詩選」於平面媒體刊登，以此留下珍貴的網路詩歷史資料。二〇〇九年起，更進一步訂立「台灣詩學吹鼓吹詩人叢書」方案，鼓勵在「吹鼓吹詩論壇」創作優異的詩人，出版其個人詩集，期與「台灣詩學」的宗旨「挖深織廣，詩寫台灣經驗；剖情析采，論說現代詩學」站在同一高度，留下創作的成果。此一方案幸得「秀威資訊科技有限公司」應允，而得以實現。今後，「台灣詩學季刊雜誌社」將戮力於此項方案的進行，每半年甄選一至三位台灣最優秀的新世代詩人出版詩集，以細水長流的方式，三年、五年，甚至十年之後，這套「詩人叢書」累計無數本詩集，將是台灣詩壇在二十一世紀中一套堅強而整齊的詩人叢書，也將見證台灣詩史上這段期間新世代詩人的成長及詩風的建立。

若此，我們的詩壇必然能夠再創現代詩的盛唐時代！讓我們殷切期待吧。

二〇一四年一月修訂

推薦序　等待傾聽

陳冠良（作家）

若非深情，又怎能無止無盡地追索下去？詩之於蔡知臻，是生活，而生活是一分一秒、一點一滴的步履和積累。生活也是頑固而野蠻的，週而復始，不由分說。反覆不休的，總要生厭。然而，蔡知臻卻以堅固的詩心細細灌溉著生活，假以時日再從生活裡採擷纍纍的詩句。

讀楊佳嫻的詩〈一般生活〉，起頭寫著：「他體內有毛線／他體內有敗絮／他不慎把壓舌棒吞了下去——」是施了咒語的詩句？好像讀下就吞下地，異物感一起尾隨字句鯁入喉間，逐感心顫欲嘔。緊咬牙根，滯待，騷動——現實到底吭了聲，約莫是手裡的咖啡沖得太黑，而我空洞的胃袋怕黑。曾經，不懂詩，卻奢望靠近詩。一度試著追因尋由——是生活的氧氣太稀薄，須借取隱喻的不羈來呼吸；那盤日常食物遺落了理想滋味，只好揣一個人陪著一起晚餐；日復日的區間景塊，重覆單調成貧乏，所以亟需白日夢裡隨心所欲空間跳躍的超能力？……

蔡知臻在〈讀詩〉裡寫道，「荊棘的攀附／抓住思想的籮筐／蔓延在詩行之間的／空白／荼毒對意義的定義／哲學與形上思維的捕抓／原汁原味」面對詩，憑藉甚麼，增添甚麼，反轉甚麼，生活輿圖裡有一道道曲折謎語，每趟出發都是宿定的（或其實是放任自己？）迷途。寫詩的人和讀詩的人同樣在嘔吐般的消耗，竭盡所能地建構與摧毀，就像狂奔在想像平原上的缺氧，與心跳，但又並非有絕對的損失或獲得，最難得，是那幻覺般灼眼揪心的一瞬之光呵，撥開迷霧之後又是一座海市蜃樓，所有為之而起的微笑哭泣，激烈平靜，從來都不會是一種「答案」，即便是，那也是每個人心內各有一款——寫詩讀詩，從來只需觸及自己所能觸及，感動自己所能感動，識得自己所能識得，反叛一切以為不得反叛的。

蔡知臻的第二本詩集《憂傷對話》沿襲對詩的思索、生活的叩問、情感的揉捏與絲縷慾望的撩動。整冊詩集，微涼輕暖，文字乍看純粹直接其實時不時有迂迴的轉角，以為是素淨的裸妝感，細細端詳又並非無色無味的寡淡，抒情或論述、呢喃或哨聲，乃至於綿句或促音，皆自有其吸睛與搗心的力度。

他不避諱於自己的迷失或膽怯，猶豫或猜忌，只願深入肺腑的掏掘可以觸發呼應的聲音。哪怕微弱的一絲一縷。他心知肚明，如何親暱的對話必然存在縫隙，所以「溝通」天生的容顏就是秋風愁緒的——難道這樣我們就放棄交流了嗎？至少，他拒絕。

《憂傷對話》共分三輯。輯一「游牧詩心」除了細剖關於詩與閱讀的種種深淺紋路肌理，更有「流水的輕撫／豆娘輕點池面／反而／深層震懾／你我都曾遺失的／詩心」那份對詩不能或忘，舉重若輕的鍾愛情懷。作為詩集題名的輯二「憂傷對話」中，從孺慕之情的遺憾感傷，到對世界的憂患詰控，不猙獰，不嘶吼，但堅定地對歲月、正義、脆弱、失落與遺忘維持一種抵抗不移的姿態。一如再怎麼艱難，不畏懼面對，任何對話才有持續下去的可能。攀附「情」字而生的輯三「唯情是一種信仰」，無論涉及的是哪種情感，一旦身陷其中，就像「我逃不出那口幽暗的井，陰鬱膨脹，使井口愈趨愈窄，卡到深處，無法出逃。」情境，我們從來既是無法抗拒地被吞噬，也是「用棉被滾成蠶蛹　床上／吸引連續的糾纏／連頭都渴望埋沒在／深邃的坎」那樣甘心情願留在那兒。人皆有情，而有情必有慾，有慾便伴隨了性。關於性，詩人顯然捻弱了房間裡的燈，收斂，不張狂演示，儘管仍是「獸性的原型／被長吻佔有的霎那間／激盪於荒野／赤裸赤裸／節奏總是愈來愈趕／只為噴向無邊天際／淋了一身嬌羞／與初心的試驗」的直面不諱，但終究掩上「或許滿懷抱負的／是渴望再一次／再進入千迴百轉的／溫軟之地／緩慢而優雅」的玫瑰色紗帘了。

即使對話注定是憂傷低迴，甚或還是無可預料的，詩人仍然願意，持續地寫詩，踟躕徘徊，以告白，以安慰，以深邃，以美麗生命中許許多多倏忽一瞬、生死剎那的過眼雲煙。

蔡知臻藉詩坦白自己是一隻「情獸」。多情的獸，鍾情於寫詩，癡癡追著一月一圓的月光，如搜獵著神出鬼沒的靈思，搆不到，追不著，時不時就要警醒自己別忘卻了讀詩的悸動、造詩的抒情與詩人的美好。儘管遲疑有時，迷惘有時，他仍承諾自己，堅持愛，追尋詩，就像生活多擾攘、多煩惱或多快樂，再好再壞再無奈，畢竟會繼續下去的。

推薦序

在靜濤中默默無畏——讀蔡知臻《憂傷對話》

蘇家立（詩人）

理解一個人，不僅要長期觀察其言行，還要能了解他如何成為這樣的人，實非易事，往往耗費數十寒暑仍不得其門而入。但理解一名詩人，就簡單得多：爬梳詩作，分析詩句中的點滴，時而穿石，時而漱夜，從詩句中使用的元素、詩意蹈步的急緩，便能稍稍理解詩人的內心世界。

詩人蔡知臻，自許想成為更好的人，在詩集《憂傷對話》中，我讀到的是靜謐的細流，載著詩人豐富多元的情感，趁夜悄悄流向遠方。「憂傷對話」這標題，蘊含了一股巨大能量，初讀時只覺涼風拂過肌膚，微有刺痛，良久，後勁便綿密而來，如簌簌冷雨扎在心坎、織上眼瞳，愁緒似鼓，聲聲盪入無垠的荒野，揚起層層風沙，令來者一片朦朧，難以踏下腳印，難以安禢靈魂。

讀詩，各人的喜好有所不同，在我心中，起始與結尾特別重要，首尾若能讓人釐清其關聯，揣摩詩人為何如此安插，便為閱讀之鏡投落一顆明礬，滌清諸多迷惘。輯一游牧詩心，映入眼簾的，是一匹情緒高亢的野馬，短促地馳走在各個議題中：青春、日子、自由、創作……。知臻有節制地運用語彙，不刻意雕琢，任詩意馳騁於句與句、段與段之間，營造一個正在「感受」的氛圍，儘管不夠嚴謹，乍看破碎而無序，但細細推敲之後，明曉他的斷裂與自白，恰巧是突出的亮點，閃爍且燙手。〈我不會寫快樂的詩〉末段提及：

理想與幻想的語言
是粉紅色的氣球
飛向雲端
月已下弦

所想要闡述的事物如夢似幻，輕飄飄的，豐腴的身軀內灌滿了話語，翔向遠處，只是早已滄海桑田，日換星移，變化總在預料之外與意外之中。雖戲稱「不會寫快樂的詩」，但憂鬱的詩作勢必要實踐，偶爾要略過世界的美好，也是不得不為之的，說服自我的圓滿說詞。相似的語境，也能在〈寫詩〉、〈讀詩〉中瞥見：「緊抓靈動閃爍的星／夜晚奏出銀白色的雅音／引領心的雅和」或「走過腦中的象與意／是生活點點／與滴滴的積累」。追溯回憶的斷章，且費心解析，便是「游牧詩心」的關鍵，縱然放牧自由的意志，首丘仍在「閱讀」與「圖書」之中，用對比的方式，增強主題的力道，這便是詩人曠達之處。在〈游牧詩心〉中：

> 每天都在掙扎的膽，放了憂心，存著也不安心。有時他會跟著老鼠鄰居偷渡到家門口，卻始終過不去那聳立的「自信之門」，乘輿而返。

想將自我的盲目、徬徨與對未來的恐懼未知置於天秤上秤掂，卻又躡手躡足，過自信而不入，自嘲為「乘輿而返」，即可說明詩人的舉踵不定，在進退之間躊躇，但正是這份寡斷，使詩人的面貌更加立體，懸空而不墜，龜裂而絲連。

輯二憂傷對話，顧名思義，對話有憂傷的成分，或是憂傷孕育了對話，在〈憂傷對話〉陳述著：

> 憂傷的誓言
> 已無窗口
> 不日的香柱

熟悉呼喊
你的名

走過的荊棘路
是改變的催化劑
都變了
就在您空了之後

誠如方才所言，詩人擅以短句鋪陳偌大的情感，並合理將畫面與情緒揉合，誓言以憂傷妝點，看似平凡，若替其設計了窗之出入，就可證明其為風景之一環，開關，全憑憂傷或其餘更為浩瀚的物事，而後的「不日」更加點睛，補述了詩句中未能直白的遺憾，而由這份遺憾去召喚一個肅穆、遙遠的曾經，讀者的情感就可被催出，緩緩的，無畏時光飄忽，如同靜濤，於心湖畔鑲嵌銀邊，為匆促而逝的敬愛之人，獻祭永劫。

其次，詩人習慣將約定俗成的A事，建構為內心渴求的B物，於此切換之中，雖有可斟酌之處，卻不令讀者反感，只因尾隨的摯情，簡潔且不容置疑，這時的口語，煞是強勁有力，欲人反覆吟思，泅泳靈思而無懼陷溺。同樣的短促可在〈假面〉、〈試圖〉、〈靜夜思〉裡窺得：「來不及的是／收束無理承諾／漫遊的精靈卻已點綴／無盡的白與毛」、「我試圖阻止裂縫／延展的速度／縫補與整修的策略是徒勞」、「月亮光芒極弱／露出諷刺的微笑／夢遊時靜坐在窗前／飛馬翱翔無邊的星空／是游走一切道歉的理由／對方回應如梅」等，皆可見到詩人勾勒一幅幅圖案後，言鋒陡轉，以迅速的刀芒劈下，解鍊了拉扯現實與夢幻的理智。

來到輯三，「唯情是一種信仰」，詩人風格一覽無遺，也毋需贅述。就我而言，情乃一個人的根柢、基礎，何況以詩為己職的人？在此篇章除了追悼摯親，更註解了詩人心中的「你」，該是如何模樣，自謙為情獸，行的卻是超人之情深，自汙為潮濕，回憶卻紛紛於眼角「組裝」……又或許愛情似一幕幕超然的剪輯，戛然而止，有徵兆也沒有徵兆，這些便是詩人蔡知臻的敘事與想像風格，若是輕看了表面刻意的淺白，就會忽略掉他深處埋藏的「黑暗的一面」，光亮燦爛，靜靜地沖向你，卻在你敞開的胸膛上，留餘鹽淚，熾手仍需耐著疼痛奮力揩去。在此以〈唯情是一種信仰〉做結：

唯情的人
掙扎如織網般的版圖
美好香氣是地圖
隨之前往到
手指縫隙中的餘味

總留下鹹中帶甜的水漬
取暖的意義
略過擁有的價值
而情總是矚目的
眼中釘

耽溺於情，詩人掙扎於邈邈地圖，手上殘繞的香氳喚醒了淚漬，卻是讓目光永遠被釘上某一處、某一角、某一剎那，但這又何妨，對於情真之人，情繫之人、情歸之處，就是信仰，就是莫可抵禦的終途。

（蘇家立：一個愛好閱讀與隨筆塗鴉的熱血漢，厭惡不公不義與逢迎諂媚）

推薦序 你還是從前那個少年──讀蔡知臻詩集《憂傷對話》

寧靜海（詩人）

四十五首詩，三個小輯，是詩人累積數載經再三琢磨的一時之選，囊括以詩「游牧」自然而為，開展自我，貼近自己；對生活以詩為記，借詩汲取能量行渡每一次「憂傷」，平靜「對話」；對人生感到懷疑，信仰可以產生光明的力量，理智的信仰是愛與正義，能帶給人安定，不猶豫、不徘徊、不迷失，勇敢面對挫折。透過詩放飛自我，透過詩傾吐思念，透過詩自剖叛逆，無畏碰觸禁忌，拋光人格的陰影面，人類的三大情感：親情、愛情、友情，任一情感皆有其不可變性，是以「唯情是一種信仰」作結。

「太過憂鬱／忘記世界的美好／文字畫不出上弦月／但有你的日子／字字是甜的」──詩人自稱〈我不會寫快樂的詩〉，或許是痛苦比快樂更讓人深刻，所以快樂的詩或文就少見。〈寫詩〉要能從「心」出發，有所感而書寫，有所觸動而抒發，詩成為治癒傷悲，開釋解鬱的心靈良藥。〈讀詩〉亦然，不因人而異，亦不作偏頗，針砭時事，以詩論詩。於是詩人乘坐「客運承載星空／俯首灑下知識的佐料／搜索路途中的支微」——〈閱讀少年〉，一路搖搖晃晃來到「走後的青春／回想是不能佔有……訴說／詩人的美好」——〈那年，我們相遇〉。讀詩是一次悸動，寫詩是一種抒情，儘管「他需要游牧者，或影子依傍跟隨，先成為獸，雖然失語，但卻有詩心，如夢。」——〈游牧詩心〉，詩之思之，彷彿也與詩人一起體現了詩的生活。

詩人之所以憂傷，應該不僅是痛失親人的哀痛，更多是少了一個懂得自己的人。「憂傷的誓言／已無窗口／不日的香柱／熟悉呼喊／你的名……那一天的夢／是對話的橋梁／您依然微笑」——〈憂傷對話〉。再也無法分享最私人的情感給最支持自己文學創作的外公，那就寫詩傾訴思念吧，這樣就能跟已到天堂的外公繼續「說話」，會有那麼一天在夢裡重現往日祖孫之情。黑夜的沉靜，常使孤單的人愈顯形單影隻，「寧靜的夜／環繞山林的歉意／是致使難眠之因／該向誰求索」——〈靜夜思〉。詩人是敏感的，《憂傷對話》集結時值新冠病毒肆虐全球，病毒一再變種頑抗，打亂各國經濟，戴口罩成日常，打疫苗求自保，詩人不免心生悲憫。「遠望疫病肆虐的彼岸／喧囂與慌亂的音符毫無旋律的爆裂／覬我之地／恐慌從腳邊捲起的浪花侵略到你的意志」——〈我的心是一片激湧的海潮〉。

詩人習於自我對話，自內心反省並提出質疑：「這個世界需要我嗎？」、「我能為這個世界做些什麼？」。苦於自己的無能為力，也的確改變不了什麼，還是寫詩來宣洩吧，以文字的力量——「只為探尋好奇／疑心／總是黑暗」——〈黑暗的一面〉。當愛已成往事，最終有情人難成佳偶，從那一年歡喜「將你收納到心裡／不偏不倚的位置」，竟不意中途生變，情人變陌生人：「碎裂的壁／撞擊搖擺的真心／再無細縫可安置」。因為愛，才會想把對方擺進心裡最重要的位置，詩的末了將詩題做了個大翻轉：「拋下／是劇本的結尾」——〈我想再次收納你〉。

單身，不一定是情侶分手，也可能是伴侶的逝去。情人分手，為戒斷舊日情，必然拋棄一切有關的人事物，仍難免有所「遺珠」，於是詩人大膽的記下：「找到一件紅色內褲／但它已經沒有主人」〈單身〉，此詩兩行，是詩集裡用字最短少的一首，失去主人的內褲紅得很難讓人無視它的存在，醒目的色彩無法再撩撥人產生遐想，卻在分手之後顯得格外刺眼。詩集從「我不會寫快樂的詩」啟始，直接點破《憂傷對話》將不會是一本給予讀者快樂養分的詩集，最終以「現實藍圖往往難圓／夢境總能留下出口／自怨的爬出／一條新垣結衣版的幸福戀曲」——〈唯情是一種信仰〉」作結，恰似作者替自己或讀者試圖尋出一條可行的救贖之路。

《憂傷對話》是詩人的第二本個人詩集，經反覆檢視，琢磨再三，情感蘊含豐厚了，層面涵蓋寬廣了，不斷挖掘自我亦不斷剖析，更無畏觸及禁忌。以詩思考人性光明與黑暗，復以詩檢視各個面向的情感，詩人曾言：「一首詩是一次自我的重新定位」，每一首詩的敘寫即是找尋自我的過程，或反應社會，或表現人生，讓情緒得以校正，得以回歸後的釋然。時間兀自推進，同時考驗每個人。詩人播灑讀詩的種子、秉持寫詩的初心，有朝一日在詩田自有一片森林。《憂傷對話》是詩人將更深一層情感的託付與信仰，改變不了、動搖不得，無論未來還有多遠，他永遠是那個外公最疼愛的少年。

推薦短語

趙文豪（詩人）：

《憂傷對話》是一部打到心裡的詩集，在深夜中讀詩，屢次讓情緒難以自己。從《品・味》之後，在歷經了許多生命的歷練後，知臻有了更不同的體悟，有豐沛的想像、豐厚的情感。在《憂傷對話》的三輯中，作為詩人在生命的深度與抒情啟發的三大象限，詩人建置了更多的細節，例如〈憂傷對話〉中，將夢作為橋梁，微笑化作羽毛，他不僅寫詩，也在這個過程中重新去詮釋「詩是什麼」、「詩寫什麼」。作家往往能通過作品呈現對於社會與當代人共同的「感覺結構」。期待知臻的全新創作，這份對於詩的靈動與感動，也期待持續地延續下去。

顧蕙倩（詩人）：

讀知臻的詩像喝水果啤酒，一點荔枝香，逗引著人一飲而盡。然而你終究得知道，多喝，你是會走不了直線，你是會看不見腳尖，你是會醉倒路邊的。

涂沛宗（詩人）：

「文如其人」雖然不是這真假難辨世界裡的黃金法則，套用在知臻身上卻恰如其分，知臻的詩正如他的人，直率而不粗淺，多情而不造作，反覆咀嚼也不覺油膩。從處女作《品・味》到最新出爐的《憂傷對話》，知臻的關注焦點從生活表現擴大到「情」與「理」的更深層敘述及反思，其中的轉變和成熟有目共睹，恰恰呼應了〈憂傷對話〉中的佳句：「走過的荊棘路／是改變的催化劑」。在我眼中，真性情的知臻是一道清澈見底的山澗，流經的荊棘路都是生命裡的涓滴，匯聚成汩汩前行的力量。不斷奔流的過程中，不論因觸及巉岩而水花迸發或遭遇障壁形成低迴伏流，都沖激出繽紛的樂音，樂音濺上文字而凝結成詩，一路吟哦鋪展成深邃的河道和綺麗的水系。我持續相信並深深祝福著，有一天，山澗會恣肆成堂堂大海，為詩壇帶來更恢宏、更變化萬千的氣象。

施傑原（詩人）：

柔軟的身影交疊於假面之下。以情為信仰的游牧者，逡巡於潮濕的城邦。那是游牧者與自我的憂傷對話。

目次

輯二　憂傷對話

輯三　唯情是一種信仰

輯一

游牧詩心

我不會寫快樂的詩

抒情前提
然後忠實實踐的詩
太過憂鬱
忘記世界的美好

文字畫不出上弦月
但有你的日子
字字是甜的
愈來愈黏膩
深藍色籠罩血紅的心
也不覺有負擔

理想與幻想的言語
是粉紅色的氣球
飛向雲端

月已下弦
依然可見它的可愛

寫詩

鬼魅身影
呼嘯而過你的一瞥
驚鴻詩心與思緒
無需在乎上品與否

無休止　然後
緊抓靈動閃爍的星
夜晚奏出銀白色的雅音
引領心的雅和
於是
提筆道來的
是歲月的足跡與
青春的哀愁

讀詩

荊棘的攀附
抓住思想的籮筐
蔓延在詩行之間的
空白
荼毒對意義的定義
哲學與形上思維捕捉
原汁原味

炫麗的彩虹上
左道是文字的魅力
右道是音樂與圖像
走過腦中的象與意
是生活點點
與滴滴的積累

閱讀的少年

客運承載星空
俯首灑下知識的佐料
搜索路途中的支微
與拐彎的誘惑
遠望的是頂端那個
展翅雙臂的天后座

諷刺的天后與天后的區別
在點與線之繫聯
婆娑的海景
總與星空並肩齊走
從蠹蟲的窩裡尋索真面目
不願毀壞差異的眼光
斟酌細碎的情
是愛與正義的

跑馬燈

頁頁壓載貼合希望
深藏宇宙世界的一隅
挖掘數公分濕土
卻見閃亮的光
晶彩奪目
索爾的鐵鎚
重擊桎梏牢籠中的幽魂
朝向天后座奔馳

踩踏之間
文脈汩汩湧現
灑落荒蕪
與孤寂

圖書館

靜坐為始，讀詩，然後穿越。

築巢的夢，於人之思維，開始狂飆於書本，嵌入腦紋線路，安置在離養心殿最近的宮苑，博取聖寵。

消逝的迴路，是不在乎夢境的意義，或不深層的反抗。憂傷的情緒一點一點，丟在孟婆湯，鄰居一口飲下，掙扎半天的織與網，捕獲初醒的離人。

依然靜坐，下沉，到人間。

那年，我們相遇

走後的青春
回想是不能佔有
酸甜初戀
滋味
如聖代上的大紅草莓
淺嚐
綻放得
甜而難忘
也
酸至發顫

月娘諭示著彼此相遇
的神情
暗示了

讀詩的悸動
寫詩需抒情

白紗仙子
在兩顆堅硬的心裡
柔美起舞
躍出鮮紅的鴿
訴說
詩人的美好

逃逸的自由與自在

喧囂的城
唯有絢麗的霓虹
相伴
人心在彼岸
遠至無盡的天涯
抓不緊夢的幽靈
勒痕與撞擊
磨難與創傷
毀壞哀愁且寧靜的
孤城

煙火照在一隅
幻想激情火熱的邂逅
跨年時的牽手
搖曳粉紅色國旗

泡泡與光交織出五光
卻不見十色

黑白的夢
只是消遣的意義
不做瞬時歡愉的夢
期盼的是
掘住
一點真情

孤獨的排場
淋出迴圈的焦糖
甜膩只是假象
尖端的憂鬱
刺穿包裹糖衣

碎裂成
纖網狀的噩夢

跌撞
只為定位風景的自畫像
無線索可尋
潘朵拉盒子
精緻誘人　卻不是他
該依賴的美景
失去與擁有
是被自我揚棄的
自然與無拘
滿溢的幻影與舒暢　自在
自在後仍渴望找不著的　自由
難免傷感

想

流水的輕撫
豆娘輕點池面
反而
深層震懾
你我都曾遺失的
詩心

遊礁溪

行旅
是漫步林間的精靈
逃脫現實之網
縫隙狹窄
掙扎
不悅

牛舌
捲起三人雨雲
情與錢交鋒
畫出道沒有七色的
彩虹畢竟
缺角
陰暗塵躪
存在的價值

青澀的泉
裹滿油膩的肌
滾燙毛孔
跳躍
鬆了陣壓力
釋放扛推的夢

毛雨殞落
拍打窗延
響出相處的意義
與情感位置

曾經的那段日常

沙鐘響起
震醒我們熟睡的夢
迎接的是熟悉的音頻
與知識的脈動

我總是依偎在桌腳
細數悅耳的沙鐘聲響
檢閱地板的花紋與
污漬的疆域

懶散的日常
總有多雙厚實的手
拉拔垂墜意志
企圖回望彼此的期待與
美好的祝福

如今
回望整齊擺放的課桌椅
細看我常坐到的那張桌子
有您們課上的點滴與辛勤的拓印
深烙在記憶
最
深處

默劇

黑幕傲嬌的站在最前排
阻撓戲精的比畫
上下搖曳間影子若影若現
如鱷魚載浮載沉的雙眸
咬定行蹤　與誘惑

劇本總是可有可無
安娜出現在床下
總是無徵兆
奇遇記是常態　無語
才是精華
偵探腳下的髮絲
噴射駭人密碼
屍骨漫漫
崛起的非人類　彎腰

解構世界觀
奇異如黑潮與親潮的交界線
又涼　又溫

舞姿總在最精彩時
劈腿
延展慾望的腳指頂端
深探巨蛇鑽研的位置
湧動浪潮
承載一隻受傷的海豚
觀賞破碎鏡中自我
持續哀悼一生的頹喪
如浪潮
回還往復

游牧詩心

我亦於城市駐足，但牧不了一群失語獸，壯碩的身軀，卻只有芝麻綠豆大的膽。

每天都在掙扎的膽，放了憂心，存著也不安心。有時他會跟著老鼠鄰居偷渡到家門口，卻始終過不去那聳立的「自信之門」，乘興而返。我試圖將他改造，成為圖畫或文字，寄出後等待回音，城市的發展迫使離返的迅捷，膽，瞬間無膽，而膽也綠了。

死後的膽，暫時安置靈堂後方，儀式的操演與布置，讓膽脹紅，然後坐起並做起亢奮之舞。他需要游牧者，或影子依傍跟隨，先成為獸，雖然失語，但卻有詩心，如夢。

輯二

憂傷對話

憂傷對話

遙遠的河畔
盛開圓滿的蓮
花是粉紅
不俗，亦不媚
乘著它飛往輪迴
靜心

憂傷的誓言
已無窗口
不日的香柱
熟悉呼喊
你的名

走過的荊棘路
是改變的催化劑

都變了
就在您空了之後

那一天的夢
是對話的橋梁
您依然微笑
然後
親切的
化做羽毛
自由飛躍於茫茫海上
與炫麗彩虹頂端
訴說
一切的安穩
與平和

城邦

城市上空
垂掛複數的希望
以愛交纏眾生相
彼此靠在貼滿火光的牆上
以愛為名
暖意恐怕遮掩不住
背脊發涼　顫慄
虛構之家

城市街衢透視著
欲望的旗幟
人們開始懷念許純美
雙手交叉只是吶喊
人民背負國家命運的道路

混亂的色彩
語帶醋溜
皺眉

城市之上
夢想是幽靈
如桃花源記在教科書的壽命
徘徊　游移
銷毀異化空間
抹滅不去的是超越現代化的嚮往
拾起失落選票
遠眺空虛的圓

城邦
圍繞愛恨與糾纏

揚起風帆的手
擺布城市
詭譎的意義

已讀不回

斷垣留白
抑制不住思想的國度
缺乏主體
閱歷與瘋癲意識的辯證

紅色的獸
吐出分子十九
灼傷生物的本能
與人倫的界線

抓傷已讀的恐懼
牽連已獨的狗皮膏藥
與傳承爸爸式的憂傷

假面

假如不曾擁有
即坦然胸口
接受四方的情與動
抨擊顫慄後的雙足
使飛鳥遨遊
並
築居高台鵲樓

已然如此
來不及的是
收束無理承諾
漫遊的精靈卻已點綴
無盡的白與毛
被迫封閉導致空靈
迷惘

反動的皮層
鬼魅出竅只是日常
暗示一切
慣習

畫上煙燻妝容
淺嚐鏡中自我
展演深邃之暗藏禍心
以對白譜出
斑斕又晦澀的
狼跡
且
橫走天涯

試圖

我試圖出賣初衷
回想的是年前記憶中
的哀傷，與恐懼
乃至抽脫世俗的茅
總沒法
頓開

我試圖阻止裂縫
延展的速度
縫補與整修的策略是徒勞
且無畝
憂鬱度日
轟轟烈烈只為訂下盟約
刪　情歌是情割

無相的生活缺少鏡中的你
慾望潛藏美麗的他者
試圖找尋的
是殘缺的天使
與近
未來的夢

靜夜思

寧靜的夜
環繞山林的歉意
是致使難眠之因
該向誰求索
一絲原諒
與包容

月亮光芒極弱
露出諷刺的微笑
夢遊時靜坐在窗前
飛馬翱翔無邊的星空
是游走一切道歉的理由
對方回應如梅
酸至發顫
心悸的痛楚

躲藏在小穴
無法自持

那夜
好長
渾身顫慄如膽小的獸
緊握床沿
享受靜夜
撐住一切抗拒的心

歲月抵抗

努力保持青春的意識
抽離空間
逃離時間
臉上的魚尾
游向邊際
囤積的脂肪
滴落在波紋之間
潤滑歲月的斑駁

反抗歲月的痕跡
想像著再一次
微笑如月的那次悸動
煙波佈滿臉龐
是美學的意義
佇立在崖上的自信

獨自風吹
雨打成無法招架的急凍
縮成一團無助的
海藻

憂傷的公理與正義

憂傷的校正回歸
驚心與顫慄的蝴蝶
飛向世界邊緣
十九個捕蝶人總能管束吸蜜的嘴
與振翅的頻率

沒有公理的社會
日初的心願帶來微雨
三巨頭美人婀娜抵達
言：姍姍總是慢點兒
焦急的無頭蒼蠅只能亂竄
一劑靈藥
拖出圓規的防線

情理交相
如久伴的小熊玩偶
總能說上幾句心裡話
圓環四面無縫
十九個孔隙竄出濃密氣體
拆散久伴
及人情的溫度
談判總是落空
希望總是正義的開始
卻躍升為
黑白間總不會出現的
灰色地帶

正義是灰色的土地
踐踏出不純的愛情與友情

憂傷總不見好
只見被操弄的彼此
在螢幕前
掙扎出方框的渴望

我的心是一片激湧的海潮

遠望疫病肆虐的彼岸
喧囂與慌亂的音符毫無旋律的爆裂

觀我之地
恐慌從腳邊捲起的浪花侵略到你的意志

啊，何以廢言

校正然後回歸的死去
你問時鐘何以讓時間倒轉

語言的戲弄如手上的玩物
從美人到日初的美好

總是想太多

飛魚總能躍過山丘
情愛界線與穿越的可能太經典

你在圓規裡
囿限不是無盡嘆聲

玫瑰

孤寂卻火辣的刺
突起於身
展示鋒芒無情
但情熱相隨至滾燙於心

輯三

唯情是一種信仰

我最親的

人的一生何其短
為何與親近的你
先分離
沒有招呼
亦跨不出的檻居高注視
甚怕
懊悔怨懟如我

天上的星星　想說話
地上的小卒　放不下

逝去——悼　摯愛的外公

逝去的你
換來的是
抓不緊的哀嘆
懊悔如雨
那便是
愛你的記憶

好天氣

妳是我的好天氣
彩虹弧線的微笑意識
遮掩不住滿滿
優雅的身姿
與柔軟的
氣息

蓬鬆的大波浪
與面容呈現黃金比例
順著指縫處摸
好似雲朵飄向天氣的柔
訴說歲月的祕密
以及顛覆
不需知曉的鳥語

妳時常偷渡一些糖蜜
羞澀的固著在
回憶的裂縫
流淌著無盡的想念

好天氣迎向日光
看得清晰的總是亮麗的糖衣
卻只淺嘗傷疤的苦鹹
支撐軟弱
也需支撐愛
傷停總是深刻
忘卻的是歡愉與彼此的擁抱
而妳
是心中唯一的港口

獸

我生病
生了一種夢裡會出現「獸」的病
牠箝制關於主體
與思考的脈絡
如八股文的明清時代
科舉
即唯一活路

伊甸園的蛇
曾極力突破獸的擺布
卻因接觸者的死亡光線
腰斬於
黃湯
然後下肚

矯正思想的希特勒
在歷史課本載浮載沉
可能需記得
但
出題率偏低

如今
在夢裡的
是戴上希特勒面具的
獸
穿梭真實與虛幻的時空
鞭策行為與舉止

我生病
病因：獸的出現

病症：表現自由、實則窒息
壽命：至下一個天亮

遺言：留給親暱的你

那些奮鬥的勇士們
單號還是雙號
領帖時間
有所
區別
而雙號多了
陪伴與圓滾的福氣
或許幸運些

你我靠在
不屬於彼此的肩上
手握對立福袋　揹後
只願靠近一點
融化於我們的

核
與心

你是我放不下的親暱
而我如飛鳥
拋下紅心國王給的祝福
換來放飛的意義

中性

拼起一座海盜船
小時候總是如此盼望著
船長的斷手不是殘缺
是英勇的勳章
戰爭總能激起
佔有　以及理想的戰友

姐姐與掌中的芭比
一同期盼
未來的王子到來
著上蝴蝶的裙襬
細柔的蕾絲點綴著
如畫一般
印在心底　如我

中性的我
但現實卻教導陽剛之必要
流淌的雙眸
橫豎揮灑與汗攪混時
才得正解

半睡半醒時分
依偎在冥界間
幻想於花叢中安置
優雅的粉紅色藤蔓
縈繞著
爬出自己的樣子

我想再次收納你

那一年
將你收納到心裡
不偏不倚的位置
毛公鼎也未曾如此穩定
承載厚實豐滿的
真心

如今
碎裂的壁
撞擊搖擺的真心
再無細縫可安置
只見剝削的愛情
成為你
毀壞
與狠心的毅力

風依然在吹
吹不動鋼鐵的心
顛倒錯亂乃至放下
可惜回頭難堪
不咀嚼
即使榻上
也是角落生物的存在意義

床墊布滿紅心與黑桃
黃蓮則堆積在床頭櫃
塞滿了甜膩的回憶
閉塞的嘴
與上了大鎖的心
搬家公司叭聲提醒的怒吼

問候

烏鴉與天鵝從不交談
避開陌生的群體
界線畫出閃電形狀
看似無涉的對望
卻是交火的引燃劑

愛人總是身心交合
卻逃避不了
親密與陶醉的話語
說出無望的意識
裂隙掉出舊衣裳
是記憶的游離
與眺望

熟悉的氣味
訴說彼此問候的頻率
翻滾後散溢
溝通的意義
碾出好奇如吐絲的蠶
看不明嶄新華麗的自己
總是陌生的面對
探問蛻變的來由

十一號公車沒有停駛
總是開向平行車道
招手後望向遠方
看見擦肩的倒影
路線熟悉

吸得清麗的香氛
陷落在後方的座位
沉淪

不只是孽

青澀的物語
鮮紅的飛蝶環繞
穿梭毛孔的細微處
鑲嵌無法克制的
搜索

獸性的原型
被長吻佔有的剎那間
激盪於荒野
赤裸赤裸
節奏總是愈來愈趕
只為噴向無邊天際
淋了一身嬌羞
與初心的試驗

孽子流淌於城市中
只記得滲入
我優遊與絕妙的
感觸
有趣的實驗
是迷路的起始點
穢物成為解鎖的關鍵
證成孽不只是孽

或許滿懷抱負的
是渴望再一次
再進入千迴百轉的
溫軟之地
緩慢而優雅

情獸

我想，炫麗的閃光何時教晴獸，成為情獸？情，圓形的拼圖，完美是必需品，而情的教材，為何？跳進一口井，感受陷落的苦楚，仿若深淵之處有光，那是月圓嗎？潮濕身軀甚重，糾纏致使爬行困苦。這就是情嗎？還是追求的獸？

我曾是一隻情獸，霸道張狂的索取月圓光輝，卻總是從掌心溜走，稀罕難摘。我逃不出那口幽暗的井，陰鬱膨脹，使井口愈趨愈窄，卡到深處，無法出逃。

原來，我們從來都是情獸。

我是潮濕的

足印深陷泥沼
陷落不是記憶的籮筐
幽靈徘徊於
黏膩放空的日子
熱淚縱然爬行
穿梭清晨與晚霞的映照
透視眼角的紋
總是潮濕

繁雜鼓陣
爆破迴盪於
佇立門前的身影
定位系統的浩劫
使打卡機
沒有時間沒有日子

鄉野傳說與吊死冤魂
總是潮濕的

回憶如潮濕的手
順行而下
凹凸肌理是內核深藏於心中的
祕密
摸透白色襯衫
是潮濕的載體
而夢是朝詩的
一種組裝
與烙印

草莓

種植草莓的地方
如鑿井的深淵
深刻且私密
無法觸摸的曲折
鮮嫩，帶有快感的意義
發顫與抖動的雙臂
振翅翱翔到蒼穹

有時
草莓可以搬家
如諾亞方舟般
承載生機　與神奇
跟隨肌紋與骨骼的線索
隨意播種的結果

是佔有的起點
與歡愉的停損點

飽和的果
運行在鮮紅的軌道上
抓緊微弱的信號
優遊於海浪的隔板之間
順勢俯瞰或
昂首愉悅

果香濃烈的時刻
吸吮只是奢侈
回望青春的印記
餘香總是最豔麗的
情竇初開

挖掘意義的鏟子
總能鑿開嫌隙
讓草莓再次綻放

愛情

某天　愛情是序曲

第一幕
用棉被滾成蠶蛹　床上
吸引連續的糾纏
連頭都渴望埋沒在
深邃的坎
啜泣伴奏
鼓聲疊合枕頭的影子
越來　越重
壓垮束縛的繩索

第二幕
單行道上
前腳跟著後腳

譜出希望的道路
鴿子停在腳邊
喃喃自語
鑲嵌於生命中間
帶領飛
穿越單一

第三幕
講台上的簡報日常
撲克臉是標誌
微笑　總是驚鴻一瞥
後門悄悄開啟
桃花李樹迅速蔓延
探出雙眸的是
無盡的我

愛情回頭

每天回味已經過期的綠色愛情
沒抓緊保鮮期的警示始終閃爍
悠哉遺棄緊繃的紋理與安樂地
鬼語喃喃訴說著未完的慶賀語

黑暗的一面

飛蛾撲向紅光
表現禁制於鏡
像恐慌的面孔
退縮
陰暗面如油漬
蜷縮在桌角下
微醺難掩惡臭

喜歡有光之地
展現透明身軀
卻在鏡像發現
自己
遺失像顯微鏡
汙漬記憶顯著
只為探尋好奇

其實很脆弱

期待如懸吊的燈
總會斷繩碎裂
你彷彿威武的雄鷹
震懾懦弱　駕馭憂傷
落單如我
總處在邊境
步上險棋的砲兵
拐彎滑落
陰鬱無邊的泥淖

其實很脆弱
黑熊彎腰的瞬間
勝利不是一把刀
胸前深深烙印
疤

與傷痕
如頸項上的痣
哭泣的晚霞
丟失無盡的情緒
勒索憂傷

我如空氣
脆弱得無法自己
卻有堅強意志
無處
不在

雨，總是一直下

憂傷的你
如雨
下在彼此不屬於的
仙境
理想絢麗如彩衣
消散雨季的
濕意

濕意的東北角
風刮出想念的記憶
卻在一場大雨後
失憶
她曾闖進我深邃的眼眸
總是如細雨
點滴落在

琴譜的音符
交織成
樂音的角

雨
總是一直下
下進我迷茫的
瞳孔

藤蔓

流連與愛撫的枝芽
蔓延於邊界
盈滿整個夜晚的
火光與閃耀的星
他們總不願道出承諾
附加深層意識
撞擊出
兩人的戰爭交響曲

交纏如藤蔓
牽連彼此的身與心
境界取向
是烏鴉唾棄鳴叫
是計算的意義
更是抽離至形上的惡

自畫像

曾經，那晚的夢境
幻化成不知名的獨角獸
穿越山林與湖畔
往那雲端深處
展示獨角的藝術
與智勇無懼
私心貪婪的
雄健

不知何時
月光落下映照出的背影
分不清輪廓
與本體的意義
豬頭名被冠上
總是不甘的污染

豬其實愛乾淨
哪知晦暗蒙上陰影
反客
為我

自帶光環背後
是緋與貪婪的霓虹
遊走在人群中
我是一隻迷路的獸
見手就抓只是本能
擾神又擾心
總是貪求一刻的安全

單身

找到一件紅色內褲
但它已沒有主人

唯情是一種信仰

小說情緒飽滿如浸淫的水
宣洩只在微秒間
崇拜此刻情感
從不覺缺陷之理
現實藍圖往往難圓
夢境總能留下出口
自怨的爬出
一條新垣結衣版的幸福戀曲

唯情的人
掙扎如織網般的版圖
美好香氣是地圖
隨之前往到
手指縫隙中的餘味
總留下鹹中帶甜的水漬

附錄一

與我，隔而不閡：讀蔡知臻《品・味》

鄭琮擇（詩人）

蔡知臻的詩作並不難懂，詩集《品・味》的文字基本上都容易閱讀，在口語和跳躍式的詼諧背後，詩人暗藏著個人生活與現實世界的連結。譬如〈你已遠離我的世界〉把「枯樹」與人做對比，寫人與世界（環境）的關係，〈圖書館日常〉以「論述」、「教育學」作為中介連接過去、現在與未來。

踏上島嶼的男子
一直認為是對岸之人
但他忘卻的是
燒不盡的根
與愛

〈故．鄉〉不過是五行短詩，卻有著對於過去與未來的拉扯。「根」如果是過去，「愛」就是未來；「故」如果是過去的事，那麼，地理上的「鄉」呢？踏上了「島嶼」，就有了「對岸」，相對於台灣本島，「岸」是指金門？還是中國？而「根」，究竟源自於金門？還是中國？從台灣本島來看，金門與中國好像就模糊不清了，但也因為歷史因素，金門與中國無法完全混為一談，此詩，與現實是一樣的，金門人的國族認同在歷史的幽微處曖昧不定。然而，倘若仔細觀來，首行的「島嶼」並沒有標明是台灣島還是金門島啊——如果真是指金門島，那麼前述以台灣立場的主觀解讀，就是大大的誤讀了！

馬奎斯《百年孤寂》說：「一個地方有親人埋骨，才算是故鄉。」即便忘記來時的路，卻也無法抹煞骨子裡經歷風雨的年輪，滋長著、影響著未來。詩人蔡知臻身體裡流的是金門人的血液，但三首關於金門的詩〈我是金門人〉、〈金門高粱〉、〈故．鄉〉卻無法直接表明國族認同，不禁我想到金門導演董振良的紀錄片《返鄉的敢尬》（一九九〇），在人與島嶼之間，蔡知臻透過詩的幽默與歧異性，讓人合理懷疑：答案，不是單一而絕對不變的。

除了直接把政治、社會入詩，蔡知臻的身體也常或置入或受困於生活上，譬如〈上鐘〉寫身體機能如何透過按摩而「restart」，〈住院〉、〈夢〉、〈我已學會一個人獨處〉等，正以身心狀態寫著生活片段，〈我想收納你〉、〈愛，不限〉、〈我必須愛你〉等，則將感情世界鎖在軀體裡面。

我認為〈與我有些隔閡〉一首，最能展現蔡知臻詩作獨有的特性：

抱歉

你與我始終有些隔閡

花卉燦爛的是它的美麗
與我有些隔閡

豔陽高照的是它的活力
與我有些隔閡

傾盆大雨的是它的悲傷
與我有些隔閡

相愛相戀的是它的選擇
與我有些隔閡

詩人不寫「與我無關」而寫與我「隔閡」，代表仍有一定的關係，但其中的連結非常微弱，「燦爛盛開」、「豔陽高照」、「傾盆大雨」都是它自己的姿態，並非詩人的，連「愛戀」、「悲傷」、「活力」等，也不屬於詩人，同時詩中卻又並列四段，在強調「你我」的隔閡，「你」是「世界」，「我」即是詩人，彷彿詩人遺世而獨立，通達萬物，卻又身在其中，但始終特立獨行，保有自己的眼光。

詩的語言淺顯易懂，不屬於格言式的哲理反思，與外界的這種疏離感，如同序言蕓朵所言「是一種很現代感的大膽想法，也許在這種隔離中，隱約反映出年輕人對社會、對人群、乃至於對未來的一種疏離感，……鮮明地活在現代社會的年輕人，卻有著站在一、二公尺外的距離看待世事的態度……」。

我想到的是創作型歌手陳綺貞〈花的姿態〉（二〇〇七；另名：你一直在玩，與陳昇合唱，二〇〇五），「我的花讓我開，我的花讓我自己開／你適合你的，我適合我的垂敗／／我的花你別戴，我的花讓我自己戴／我擁有我的，你擁有你的姿態」，十幾年前創作型歌手就「我的花讓我開」了，何況近幾年智慧型手機的普及，更是「我擁有我的，你擁有你的姿態」，每個人手上甚至還不只一種姿態呢。

而詩人末段「隔閡的是我／與世界」前五字與後三字看似一句，似乎混雜了另一層涵義，只因為詩的句式與前面幾段截然不同。「隔閡」在前面五段都是句末的最後一個詞彙，「我」是被動地被隔閡，但在末段卻變成了第一個詞彙，將主詞暗藏，還原句是：「『我』隔閡的是我與世界」，詩人遠遠地孤立，是自己刻意選擇的，與人群及世界疏離、保持客觀的證據就在這首詩裡。

或許因為便捷的網路世界，虛擬空間造成了人與人、人與世界無形的隔閡，花草生物、或晴或雨、悲歡離合隨時發生，但「我（詩人）」確實也（意識到了）有意無意地，自己是刻意（不得不選擇）與世界有一道無形的隔閡。

蔡知臻的詩作並不費解，不過，《品．味》詩集裡常常暗藏玄機，有另一層不同的涵義安置在文字背後，政治詩裡有，改編童話的〈童言．童語〉裡有；〈笑話〉的最後，很後設地轉變為「八卦」；〈獨愛〉裡的「岸」與「島」、「一」及「雙」，還有顏色，似乎都可以進一步詮釋；〈你含住的時候很優雅〉用「唇齒舌」所「含」的，除了生理上的，也有話語上的「拆下包裝後的生活的空」、「尊重彼此」……

而詩人客觀而詼諧的書寫視角則更多了，〈愛〉、〈倒帶〉、〈住院〉、〈金門高粱〉等等，俯首即是，抽離人群與世界，以旁觀的方式書寫生活與社會，正是蔡知臻詩作的「一『切』」——有所切割，卻又不阻隔——但弔詭的是，蔡知臻在後記裡，還希望有讀者能夠細細品味此書呢。

附錄二 詩「即」《品・味》

蔡子浩

詩，是一種短短幾行字，卻能擁有道不盡人生滋味的文體；蔡知臻的《品・味》整本詩集的文字是那樣輕柔，卻擁有著足以撼動人心的威力。在〈也許〉一詩說到：

落葉會在寒冬中發芽
妳會牽起我柔弱的手
世界會因我而
停止轉動吧

人之所以活著，就是因為有這些或許，即使在怎麼渺茫，至少帶給了人們希望。詩人在落葉發芽、世界停止轉動兩個看似不可能成真的事情之中，穿插了一句——妳會牽起我柔弱的手。是呀，在這只看表面的世界裡，這樣的事情也逐漸跟落葉發芽一樣困難。從小很多男生就被教育成要剛強、要健勇，是從什麼時候開始，人們逐漸忘記自己的柔弱，將自己隱藏起來。是甚麼時候開始，人們只能在背地裡默默的希望，希望女生能接受自己的，承認自己的軟弱，難道是件錯誤的事情嗎？現今社會多少情殺案件，多少人因為愛不到而傷人甚至是殺人，這些「也許」為何要強制其實現，小時候就是期待這「也許」能趕快實現，才會期待長大，然而長大之後，不是有更多的「也許」讓我們期待他的實現？短短四句詩，帶出的可以是純純的愛情，一個期待自己心儀的女生能注意到自己的一篇短詩，在其背後，也有可能有著許多複雜的原因，如果能細細品嘗，也許，大家都能有自己所品嘗出的味道。

整本詩集除了文字，在作品的編排上也設計得非常有現代感。不像古詩集，標題之後直接接續詩的內容，這本詩集將標題與內容分開，或許是希望讓讀者在讀內容時，不會被標題所影響。「標題」往往帶有詩人想表達的一切，但是如果在讀詩的時候，腦海裡一直有著標題，會讀不出詩中的意境。讀詩，最有趣的地方，在於看完標題之後抱持著懵懵懂懂的心去讀後面的詩；在讀詩的時候，先把標題忘記，將整個人沉浸在整首詩裡，事後再回去看一次標題，有的時候便會恍然大悟，詩人想表達的原來是那樣。一個看似白話的標題，或是一個詞，都能被賦予極大的感情與感官的感受，亦或許自己對於內容有不同的見解，卻在二次讀標題時，感受到詩人的心境，讓自己擁有兩種不同想法上的衝擊。《品・味》整本詩集，就是如此讓人心情起伏不斷，用現實畫面來作比喻，有如爬高山前，看到山腳下寫著山的名字的石碑，直到爬到山頂，再看一次山頂的石碑時，那種征服此座山的優越感，那種恍然大悟、靈光乍現的感覺，就像在山頂，面前升起的日出一般，既刺眼又華麗。然而詩集名稱——《品・味》，更是貫穿了整本詩集。

在詩集之後，詩人寫道標題的留白是為了讓讀者有再這樣如此緊張的生活中，有空隙能使人抽離，不希望讀者被文字所掩埋。詩人或許意想不到，這留下不僅僅只是一個「空隙」，更是一個無限寬廣的想像空間。字詞之間的距離，因為他如此貼心的設計，拉近了讀者與詩人間的距離，連詩人的溫度，也餘悸猶存。

附錄三　本書詩作初刊索引

輯一　游牧詩心

〈游牧詩心〉　《吹鼓吹詩論壇》四十三號

輯二　憂傷對話

〈憂傷對話〉　《中國語文》第七七六期

〈城邦〉　《吹鼓吹詩論壇》四十八號

〈假面〉　《秋水詩刊》一八九期

〈試圖〉　《台客詩刊》第十一期

〈靜夜思〉　《中國語文》第七六九期

〈歲月底抗〉　《中國語文》第七六九期

〈憂傷的公理與正義〉　《吹鼓吹詩論壇》四十六號

〈我的心是一片激湧的海潮〉　《吹鼓吹詩論壇》四十六號

〈啊，何以廢言〉　《吹鼓吹詩論壇》四十六號

〈總是想太多〉　《乾坤詩刊》一〇一期

輯三　唯情是一種信仰

〈我最親的〉　《野薑花詩集季刊》第二十四期

〈逝去——悼　摯愛的外公〉　《野薑花詩集季刊》第二十四期

〈好天氣〉　《乾坤詩刊》一〇二期

〈獸〉　《人間魚詩生活誌》第四期

〈遺言：留給親暱的你〉　《吹鼓吹詩論壇》四十一號

〈中性〉　《葡萄園詩刊》二三一期

〈我想再次收納你〉　《乾坤詩刊》一〇〇期

〈問候〉　《葡萄園詩刊》二三二期

〈不只是孽〉　《葡萄園詩刊》二三二期

〈我是潮濕的〉　《乾坤詩刊》一〇一期

〈草莓〉　《創世紀詩雜誌》二一〇期

〈愛情〉　《葡萄園詩刊》二三三期

〈唯情是一種信仰〉　《葡萄園詩刊》二三一期

後記　憂傷記事

重看這本詩稿，我已記不清這五年之間經過多少事情，有喜、怒、哀、樂，這好像是廢話，但對於寫詩的人來說，最重要的靈感，就是來自於生活。猶記我第一本詩集《品・味》的後記中寫道：「它（第一本詩集）是自身的另一種生活表現與敘述吧。」沒錯，我認為寫詩，是另一種生活，也是重新自我定位的方式。如何自處，思考寫詩的意義，對我來說又是一件相當困擾的事，為了寫而寫，會被人覺得你太過刻意或是不夠走心，依偎於心的創作，有時又會停滯不前，可能就這樣過了三個月，我一首詩都沒有寫出來。二〇一七到二〇一八年間，我的外公到天堂去的那半年，就是這樣，他的離世對於我來說，是重大的事情，他是最支持我走向創作、教學的家人，不能說其他人不支持，但外公始終給我更寬容的心與期盼，讓我能真正做自己，並且成為自己。然而就這樣陷溺了半年的憂傷，我沒有寫詩，而且也沒辦法寫詩，一來因為外公的離開，二來正在準備碩士學位口考和博士班考試，但最令我分心的，卻是媽媽的心情。那天起，媽媽不再穿戴暖色系的服飾與配件，也不再有燦爛的笑容，雖然媽媽因為想要顯瘦幾乎都是穿著深色系的衣褲，但有一次我陪她去買鞋子，有一雙紅色線條的運動鞋，我看到甚是喜歡，也覺得適合喜歡運動的媽媽，她看了一眼只

說實話，我從來沒有在夢中遇見外公，但我期盼能在夢中與您相見，回想的是您溫暖的笑，以及給人安穩的狀態，也可以跟我分享雲端的世界好不好？是不是過著無憂無慮的生活？我期待和您再一次的對話，然後分享我的情與思。這是這本詩集在集結後最重要的核心，所以詩集名稱就定為《憂傷對話》。

這本詩稿分為三輯，總共收錄四十五首詩作，分別為「游牧詩心」、「憂傷對話」、「唯情是一種信仰」。因為同時從事文學研究的關係，一直在思考寫詩、讀詩、詩心、詩的靈感等問題，藉由以詩論詩與詩心啟發的創作，收錄在「游牧詩心」第一輯當中。對親人的思念、傾訴、以及對話，包含感傷之心、反抗之心，以及對世界的反省與控訴之對話詩作，我收錄於「憂傷對話」第二輯當中，更以此作為詩集名稱，以紀念在天國的外公。「情」字難以逃離詩的魔掌，抒情詩從古典至今，絕對是大宗的創作走向與主題表現，第三輯「唯情是一種信仰」收錄許多的「情事」，親情的、愛情的、友情的，也好似彙整般，重新檢視我對於「情」的想像與思考，且我認為自己總有某種榮格所指出的「陰影」人格，我試圖用詩的方式告訴大家，可能是悖德的，或是禁忌的。

我始終不認為自己的詩適合所有的讀者，因為我的詩不像前行代詩人精緻、博學、或是很有深度之感，也不像新生代詩人親和、批判或是很有意識的在進行某種實驗或是挑戰。前些日子詩人卓純華跟我分享，你可以設想一下你的詩有哪些詩人老師或是讀者是有可能喜歡或是欣賞的，他們或許可以給你一些寫詩上的回饋與建議，我想了數日，還是怯懦的跟自己說：「我的詩到底有誰想看？誰會欣賞？」我不知道，也不容易找到答案。這本詩集八成詩作已經公開發表，我想先謝謝審稿詩人老師們願意採用這些詩作，而第一個全部看過這本詩稿的是蘇紹連老師，謝謝老師給予我以及這本詩集有機會在吹鼓吹詩人論叢出版，也謝謝李桂媚老師的協助與幫忙。

自從開始真正在大學講授現代詩的課程後，加上於社區大學開現代詩創作工作坊，我就一直在思考一個問題：現代詩到底是什麼？或是它可以是什麼？猶記前幾年在臉書看羅任玲老師《穿越銀夜的靈魂》散文集新書發表會，詩人崔舜華提出關於「詩是什麼」的問題，羅任玲老師直言，她不認為需要分文類，為什麼現代詩和散文需要有界線？陳義芝老師上課時也這樣跟大家說，文類的分界，詩人、作家說了算，我們也真的無須苛責作家「這首詩不是詩」這種問題。

我的詩，不詩，這是我的風格？我不知道，但我自知不能寫出像其他詩人特別有「詩質」的詩，因為我本身覺得難以達到，可能也不適合我，原因不是因為它難懂，而是認為這樣的詩對於現代人可能不容易產生「共鳴」。我自覺「共鳴」是創作的首要條件，什麼技巧、主題、實驗性等等，應該都是其次，但我不討厭夏宇的詩，因為我喜歡她的大膽與創新。我還想強調，不是每個人都可以成為厲害的詩人或是創作者，但沒有人能阻礙他人想要創作的心。因為也寫評論的關係，我發現自己評論文字的能見度比較高，創作就相對不高，當然評論能夠訓練，創作的訓練可能還是需要天生的靈動與感觸，要不是陳政彥老師再三鼓勵，我還沒辦法下定決心出版第二本創作詩集。

從第一本到第二本詩集，我發現了自己的變化與轉變，但我也不敢說我有多大的進步，可能是思考的方式，或是創作的意圖吧。新冠肺炎的洗禮，也讓我有所成長，成長的是對於人生的思考，以及無常。

最後，謝謝在天上的外公，我最親愛家人們。謝謝詩創作的啟蒙者藍朵老師，謝謝義芝老師慷慨無私的與我分享詩閱讀、創作的經驗與研究討論。感謝冠良、家立、阿海特別為這本詩集作序，蕙倩老師、文豪學長、沛宗、傑原的推薦語，以及學弟仲斌的書法題字，都為這本詩集增添許多風采，特別還有學長琮墀、學生子浩為我的第一本詩集寫的評論，我也特別收錄其中，可能大家會因為你們的名字、內文、題字而買下這本詩集，我也覺得相當榮幸，更謝謝書豪為這本詩集的努力。

這本詩集很憂傷嗎？可能是，也可能不是，我也希望能夠與大家進行詩的對話，這也是出版的意義。我應該還會繼續寫詩，因為詩對我來說，是生活。

蔡知臻

二〇二二年二月七日

寫於台北貓空山下

語言文學類　PG2431　吹鼓吹詩人叢書50

憂傷對話

作　　者／蔡知臻
總 策 畫／蘇紹連
主　　編／陳政彥
責任編輯／石書豪
圖文排版／周好靜、黃莉珊
封面設計／蔡瑋筠

發 行 人／宋政坤
法律顧問／毛國樑　律師
出版發行／秀威資訊科技股份有限公司
114台北市內湖區瑞光路76巷65號1樓
電話：+886-2-2796-3638　傳真：+886-2-2796-1377
http://www.showwe.com.tw
劃撥帳號／19563868　戶名：秀威資訊科技股份有限公司
讀者服務信箱：service@showwe.com.tw
展售門市／國家書店（松江門市）
104台北市中山區松江路209號1樓
電話：+886-2-2518-0207　傳真：+886-2-2518-0778
網路訂購／秀威網路書店：https://store.showwe.tw
國家網路書店：https://www.govbooks.com.tw

2022年4月　BOD一版
定價：220元

讀者回函卡

國家圖書館出版品預行編目

憂傷對話 / 蔡知臻著. -- 一版. -- 臺北市 : 秀
威資訊科技, 2022.04
面； 公分. -- (吹鼓吹詩人叢書 ; 50)
BOD版
ISBN 978-986-326-851-2(平裝)

863.51 109013937